LA
CALENTURA

JOSÉ ZORRILLA

PERSONAJES

Florinda
Don Rodrigo
Theudia
El Moje Romano

Al Señor Don Leopoldo Augusto de Cueto, encargado de negocios por S. M. C. en Dinamarca.

Querido Leopoldo: Te dedico esta obrilla, cuyo manuscrito te envío, para que lleves á Dinamarca un recuerdo de nuestra última entrevista. Al hojearle en Copenhague, acuérdate de tu mejor amigo.

José Zorrilla

Madrid, 3 de octubre de 1847.

ACTO ÚNICO

Cabaña del monje **ROMANO**

ESCENA PRIMERA

ROMANO, *solo.*

ROMANO	Señor, Tú, que al más mezquino

ROMANO   Señor, Tú, que al más mezquino
gusano infundes aliento
para que pueda contento
cumplir su vital destino;
Tú, cuyo soplo divino
á cuanto crece y respira
fe en tu omnipotencia inspira,
no dejes que sólo el hombre
tu poder tenga y tu nombre
por una inútil mentira.
   Fué rey, y se ve sin trono;
noble, y se ve sin honor;
soldado, y perdió el valor.
¿Qué le resta en su abandono?
Doquier cree tu eterno encono
ver; nadie en su mal le abona;
todo el mundo le abandona;
vuelve ¡oh Dios! al que olvidado
se ve rey, noble y soldado,
sin valor, honra y corona.
   Jesús, hijo de María,
Redentor del universo,
por el justo y el perverso
expiraste el mismo día.
Duélete de su agonía,
por la que en la cruz sufriste,
y que no imagine el triste
que si por todos bajaste,
al desdichado olvidaste
y al pecador redimiste.
   Mas ya es de noche; el nublado
espesa; brilla la llama
del relámpago; el mar brama
á lo lejos irritado.

¡Infeliz! Él, descarriado,
ni aun verá los elementos
turbarse, y á pasos lentos
cruzando el monte sin tino,
lo arrastrará el torbellino
de sus tristes pensamientos.
    En fin, Dios cuidará de él.
Nada se puede esperar
de tan intenso pesar
ni de infortunio tan cruel.
Henchido tiene de hiel
su corazón, y enemigo
siempre invencible, consigo
le lleva siempre. *(Escuchando)* Ya creo
que sube.. Pero, ¡qué veo!

(Entra THEUDIA *embozado)*
                    ¿Quién es?

THEUDIA
(Mostrándose)

              Un antiguo amigo.

ROMANO *y* THEUDIA

ROMANO	¡Theudia!

THEUDIA

                    Yo soy, buen anciano.

ROMANO

  ¡Qué os vuelvo á ver!

THEUDIA

                             ¡Ay de mí!
Por imposible lo dí,
mas Dios me dió su mano.

ROMANO

  Decís bien, Dios está en todo;
y pues os trae á mi amparo
segunda vez, está claro
que es el mejor acomodo.
Ea, sentaos; tomad
posesión de mi chozuela;
(Siéntase THEUDIA *á la lumbre)*
calentaos; ¿no os consuela
esa llama?

THEUDIA

               Sí, en verdad.

ROMANO

  Acercaos más; así.
¿Traeréis hambre?

THEUDIA

                   De dos días.

ROMANO

  Viandas hay, aunque frías.

THEUDIA

  Dadme; aun hay calor en mí
que suplirá al de la lumbre,
y comer frío no daña
á quien trae de la campaña
la privación por costumbre.

ROMANO   Entrad, pues, á ese pastel,
                          como si fuera á una plaza
                          enemiga.

THEUDIA   ¡Buena traza
                          tiene!

ROMANO   Pues, firme con él.
                          Aquí tenéis un vasijo
                          con vino añejo de Oporto..

THEUDIA   Padre, me dejáis absorto.
                          ¿Aquí vino?

ROMANO   Bebed, hijo;
(THEUDIA *come y bebe*)
                          gozad el bien que os, da Dios,
                          y aprended que en Él tan sólo
                          no cabe falta ni dolo;
                          y pues os crió, de vos
                          cuida su paterna mano,
                          porque sin su voluntad
                          no bulle en la inmensidad
                          ni el átomo más liviano.

THEUDIA   Anciano, tenéis razón,
                          y nadie en su gran poder
                          mayor fe puede tener
                          que Theudia en su corazón.
                          Sí, padre; yo he visto al hombre
                          en su agonía mil veces,
                          y siempre le oí con preces
                          invocar su santo nombre.
                          No hay mercader tan infame
                          ni tan blasfemo soldado,
                          que, por la muerte llamado,
                          á Dios muriendo no llame.
                          Y tal vez al pensamiento
                          que puse una noche en Dios,
                          debo el hallarme con vos
                          aquí, y en este momento.

ROMANO   Os creo, Theudia; sin duda
                          os creo; porque los males
                          son recuerdos celestiales
                          con que nuestra fe, se ayuda.

(THEUDIA aparta la vianda)

        ¿No más?

THEUDIA   Soy sobrio, aunque godo;
mas el hambre y el cansancio,
por la pasta y por el rancio
me han hecho olvidar de todo.
Dios me perdone. Ahora, hermano,
decidme...

ROMANO   No os fatiguéis
en preguntas.

THEUDIA   ¡Oh! ¿Sabéis
de él?

ROMANO   Sí sé.

THEUDIA   ¡Dios soberano,
gracias! Ya desconfiaba
de volverle en vida hallar.
¿Quién es de él? ¿Quién hace?

ROMANO   Vegetar
como una planta que traba
raíces en un peñón,
por un turbión producida,
y espera, al peñasco asida,
que la arranque otro turbión,

THEUDIA   ¡Infeliz! ¿Cuánto ha que vino?

ROMANO   Tres meses ya. Todavía
era de noche, y dormía
yo aún, cuando un repentino
golpe en la puerta asentado,
estremeció la cabaña.
Tal visita era harto extraña,
y acudí sobresaltado.
Abrí, entró; sombrío, mudo,
avanzó con lento paso;
colgó, sin hacerme caso,
espada, casco y escudo
en el pilar; se metió
en la pieza que ocupaba

la otra vez, y como estaba,
sobre una piel se tendió.
Durmióse al Punto. ¡Ay de mí!
¡Cómo venía el cuitado!
Herido, roto, embarrado:
lloré cuando tal le vi.
Llaméle, mas no dormía:
fuerza febril le sostuvo
hasta llegar; mas cuando hubo
el fin que se proponía
tocado, le abandonó
su vigor calenturiento,
y en un aletargamiento
anonadado cayó.
La hambre, el pesar, la fatiga,
que al par en él presa hicieron,
vi que á la par le rindieron.
Con solicitud amiga
desnudóle, y le abrigué
de unas pieles al calor;
espirituoso licor
vertí en su boca, y dejó
que con el sueño cobrara
las fuerzas que abandonado
le habían; me eché á su lado,
y esperé á que despertara.

THEUDIA   ¡Oh, buen amigo, dejad
                 que os bese la noble mano!

ROMANO   Él infeliz, yo cristiano,
                 cumplí con la caridad.

THEUDIA   ¡Bendígaos Dios!... Mas, seguid,
                 seguid.

ROMANO   El sol se ocultaba
                 ya, cuando él se despertaba
                 poco á poco.

THEUDIA   Y ¿qué hizo?

ROMANO   Oid.
                 Tendió una vaga mirada
                 en torno de sí; me vió,
                 y el infeliz sonrió

sin poder decirme nada;
porque al hallar un amigo
que lloraba junto á él,
su suerte vió menos cruel,
y echóse á llorar conmigo.

THEUDIA   ¡Oh! Se comprende muy bien.

ROMANO   Vistióse; tomó alimento,
y oramos por un momento.
Hízolo él como quien
pone en Dios una fe santa,
y en alas de su oración,
entero su corazón
al trono de Dios levanta.
Tranquilo después le vi,
y tendiéndome la mano,
dijo: «Ya lo veis, hermano,
vuelvo á vos, mirad por mí.»
De entonces acá, ni aun tiene
voluntad: orad, le digo,
y se arrodilla conmigo;
id ó venid, y va ó viene.

THEUDIA   ¿Y nunca os dijo...?

ROMANO   Jamás;
como en el tiempo pasado,
en silencio se ha encerrado,
y yo nunca quise atrás
la vista hacerle volver,
por no renovar la herida
que el recuerdo de su vida
le debió en el alma hacer.
Mudo así, pero tranquilo,
vive, y tengo á buen consejo
dejarle, como le dejo,
vivir quieto en este asilo.
Mi hospitalidad recibe
con gratitud, no desdeña
bajar al monte por leña,
sacar agua del aljibe,
encender fuego, arreglar
los trastos, de la cabaña;
nada le ofende ni extraña;
conmigo vive á la par,

todo á ambos es común.
Para él pedí á mi convento
más nutritivo alimento;
se lo sirvo; pero aún
no ha dado señal ninguna
de ver sí hay más que agua y pan
come de lo que le dan,
sin notar mudanza alguna.
Mas á veces, como á impulso
de algún vértigo arrastrado,
sale desatalentado
de la cabaña, y le llamo
en vano; de risco en risco
huye montaraz, arisco,
como un acosado gamo
que huyendo va del ojeo,
y metido en la espesura
se está, hasta que cierra obscura
la noche. ¡Ay! Entonces veo
en su cara macilenta
y el cansancio que le abate,
las huellas de la tormenta
interior que le combate.
Le hago orar, y se consuela;
mas bajo el sayo eremita
la sangre Real se le irrita
y el corazón se revela.
Hoy tarda ya. El desdichado,
hoy, como nunca sombrío,
me dijo: «Orad, padre mío,
por este desventurado.
Orad más que ningún día
hoy, porque yo os aseguro
que es el día más obscuro
que hay en la existencia mía.»

THEUDIA   ¿Hoy? ¿Quién sabe el día fijo
á su recuerdo más cruel?
¡Son tantos! Padre, por él
oremos.

ROMANO   Oremos, hijo.

(*Al irse á arrodillar ambos,* **THEUDIA,** *que escucha, detiene al
Ermitaño*)

THEUDIA   Mas aguardad un momento,
                 pues, ó me engañó el oído,
                 ó á lo lejos he creído
                 oír un grito.

ROMANO   Fué el viento
                 de la tempestad acaso.
(Abre la puerta del fondo; se ve relampaguear)
                 Ved cómo el nublando avanza.

THEUDIA   Mi oído es fino, y alcanza
                 de alguno que sube el paso.

ROMANO   Tenéis razón; es su huella,
                 la reconozco.

(Óyese muy á lo lejos un grito lúgubre)

THEUDIA   ¡Dios santo!
                 ¿Qué grito es ese?

ROMANO   Es de espanto,
                 de agonía.

THEUDIA   ¡Ah, si se estrella
                 algún barco!

ROMANO   Vamos, pues,
                 al mar; tal vez tiempo haya
                 de atraer hacia la playa
                 al náufrago, si lo es.

(ROMANO y THEUDIA *van á entrar,* **ROMANO** *delante.* **DON RODRIGO** *sale al mismo tiempo, y encarándose sólo con* **ROMANO,** *sin reparar en* **THEUDIA,** *le dirige la palabra.* **THEUDIA** *permanece en el fondo.)*

Dichos y D. RODRIGO

RODRIGO   Padre, no os mováis de aquí;
no, no es náufrago el que grita.

ROMANO   ¿Quién es?

RODRIGO   La sombra maldita
que viene detrás de mí.
Cerrad, cerrad.

ROMANO   Son antojos
que os forja algún desvarío.

RODRIGO   No; oí Su voz, padre mío,
y la he visto por mis ojos.
Como un pájaro marino,
como un vapor, avanzaba
por sobre el mar, que la daba
sobre sus ondas camino.
Á la torva claridad
de un relámpago la vi.
¡Maldita sombra! ¡Ay de mí!
Me la trae la tempestad.

(DON RODRIGO *se sienta junto á la lumbre, tapándose la cara
con las manos*)

ROMANO
(Á THEUDIA)
      Aun no ha reparado en vos;
no os mováis de ahí.
(Á D. RODRIGO)
            Hijo mío,
con ese vértigo impío
luchad; acudid á Dios.

RODRIGO   ¡Ay, padre! Dios no me escucha,
               y á Satanás á la tierra
               ha enviado á moverme guerra,
               y es desigual esta lucha.
               Yo á todo mi ánimo apelo,
               pero por grande que sea,
               ¿quién, quién á un tiempo pelea
               contra sí mismo y el cielo?
               Ya os he dicho esta mañana
               que hoy era mi día aciago,
               y témome algún estrago
               contra el que mi fuerza es vana.

ROMANO   Indigna superstición,
               hija de la fantasía.

RODRIGO   Del acíbar que se cría
               en mi triste corazón.
               Hija de la sangre amarga
               que por celestial sentencia
               envenena mi existencia,
               cuanto más triste, más larga.
               ¿Qué me resta ya que hacer?
               Llamó al cielo y no me oyó;
               me mostré á la tierra, y no
               me quiso reconocer.
               Sí, sí; ésta es la misma hora
               del crimen; éste el fatal
               día de tan criminal
               aniversario, y ahora
               la sombra debe venir
               á mis puertas á llamar,
               sin que la pueda ahuyentar...;
               dejadme, pues, sucumbir.
               Del África viene, sí;
               yo la he visto balancearse
               sobre el agua, y acercarse
               á la playa contra mí.
               ¿No habéis oído en la calma
               nocturna un horrendo grito?
               Fué el espíritu maldito
               que viene á pedir mi alma.

ROMANO   Serenaos, don Rodrigo.

RODRIGO

Jamás me llaméis así;
bajo este nombre perdí
todo cuanto tuve amigo.
Solo en la tierra me hallo;
pereció cuanto leal
era á ese nombre fatal,
¡hasta mi último caballo!

(DON RODRIGO *se levanta, transportado por los recuerdos á los tiempos pasados. Varía de carácter, hasta volver á caer en su desvarío al fin de esta escena. -Depende del actor)*

Un generoso corcel
con paramentos de malla;
todo un corcel de batalla.
¡Qué bizarro iba yo en él!
Sobre él, de venganza rayo,
encerrado en mi armadura,
llegué en una noche obscura
al campo de don Pelayo.
Con él, al pie de una encina,
pasé aquella noche horrenda,
y abrigo, falto de tienda,
le di con mi capellina.
Apenas el alba nueva
por el Oriente asomaba,
ya sobre él caracoleaba
por las márgenes del Deva;
y al escuchar los clarines
del feroz morisco bando,
su noble raza mostrando,
bufó y erizó las crines.
Al combate me lancé
sobre él; con él me metí
entre los moros, y á mi
sabor los alanceé.
Tras de su tropel impío,
cuando ya huían deshechos,
tenaz se arrojó de pechos
conmigo en mitad del río.
La corriente nos llevó;
llegué yo, hiriendo y matando,
hasta Causegadia, cuando
el monte se desplomó.
Cuantos árabes delante

llevaba, huyendo de mí,
se sepultaron allí,
bajo el peñasco gigante.
Mas de entra el golfo de espuma
que alzó el peñón desplomado,
sacóme á la orilla á nado,
flotando como una pluma.
Allí di en tierra con él,
rendidos al fin los dos;
yo tendí la diestra á Dios,
y la siniestra al corcel.
Leal junto á mí yacía,
y al ir perdiendo el sentido,
me apercibí, conmovido,
que la mano me lamía.
Era el amigo postrero
que tenía, y yo pensaba
que á par de él aun expiraba,
si no rey, buen caballero.
¡Mas Dios no lo quiso así!
Al volver de mi desmayo,
de las gentes de Pelayo
cercado en torno me vi.
Halláronme al explorar
el campo al siguiente día.
¡Más hiel allí todavía
restábame que apurar!
Pelayo me dijo: «Amigo,
¿quién eres? Por ti vencí»
Yo ufano, ¡necio de mí! contesté:
«Soy don Rodrigo»
Todo el mundo se echó atrás
con horror, y replicó
don Pelayo: «Ya se hundió,
para no alzarse jamás,
don Rodrigo, y de su nombre
no habrá ya rey en España;
mas tú has hecho en la campaña
cuanto puede hacer un hombre,
y en premio de tu valor,
á faz del pueblo te abono
yo; libre eres, te perdono
por lo bravo lo impostor»
De sangre con una venda
cegó-mis ojos la ira
al oír que de mentira

era mi palabra prenda.
Quedé inmóvil de coraje,
y teníendome por loco,
dejáronme poco a poco
á solas con tal ultraje.
¡Solo aquella vil canalla,
por quien lidié, me dejó!
Mas no estaba solo, no;
mi fiel corcel de batalla
pacía en una ladera;
sobre la silla me eché,
el acicate le hinqué,
y se lanzó á la carrera.
Pensé en vos y en Lusitania,
y hacia vos me dirigí;
mas era sino ¡ay de mí!
perder en mi ciega insania
todo cuanto me era fiel.
¡En mi vértigo infernal,
me olvidé que era mortal
mi desdichado corcel!
Desbocado le traía
día y noche, sin cesar.
A mí la hiel del pesar
de alimento me servía,
del universo enemigo
para huir; mas á él, que no,
¡noble animal! expiró,
y con él mi último amigo.

(DON RODRIGO, *al volverse, da con* **THEUDIA,** *que se ha puesto de rodillas á su lado á sus últimas palabras, y que le dice*:)

THEUDIA   Señor, aun os quedo yo.

RODRIGO   ¡Theudia!

THEUDIA   No, echéis un caballo de
menos; mientras yo viva,
aun la fortuna no os priva
de un amigo y de un vasallo.

RODRIGO   Alza, y que yo te reciba
en mis brazos. ¡Ay! Creí
que tú también, como todos

ingrato, harías allí
causa común con los godos,
volviéndote contra mí.

THEUDIA   ¡Yo contra vos hacer bando!
No: si ante vos estallando
la tierra se nos derrumba,
para entonces yo os demando
la mitad de vuestra tumba.

RODRIGO   Sí, te reconozco bien;
tú solo fueras capaz
de mirarme sin desdén.

THEUDIA   Y de vengaros también
del mundo entero á la faz.

RODRIGO   Mas ¿cómo hiciste jornada
hacia aquí?

THEUDIA   Allá en Covadonga,
viendo que era hombre de espada,
me pusieron de avanzada
por la noche. Que me exponga
yo más que éstos, justo es,
me dije; soy un soldado,
y no hay completo un arnés
en campo tan mal armado;
de facción quedéme, pues.
Creí juntarme con vos
a la aurora; mas la lucha
se trabó antes; yo os fuí en pos,
pero la gente era mucha,
y quiso apartarnos Dios.
Caí herido; de un paisano
lleváronme á la cabaña,
y cuando ya me vi sano,
volviendo al campo de España,
nuevas de vos pedí en vano.
Mas comprendí que vivíais
por un soldado que habló
de uno que por rey se dió;
Y juzgando que os vendríais
aquí, tras vos eché yo.
Orillas del Duero dí
con los huesos de un corcel;

cerca los pedazos vi
de un arnés; fijéme en él,
y el vuestro reconocí.

RODRIGO

¿No viniste, pues, por mar?

THEUDIA

No, y que lo penséis me asombra.

RODRIGO

¿Conque al llegar yo...?

THEUDIA

                De entrar
acababa.

RODRIGO

     ¡Horrendo azar!

THEUDIA

¿Qué hay?

RODRIGO

      ¡No eras tú aquella sombra!

ROMANO

Señor...

RODRIGO

     Dejadnos, anciano,
á solas por un momento.

ROMANO
(Á THEUDIA.)

ldle, por Dios, á la mano.

THEUDIA
(Á ROMANO)

Yo procuraré con tiento
calmar su espíritu insano.

ESCENA IV

DON RODRIGO *y* THEUDIA

RODRIGO   ¡Theudia!

THEUDIA   Señor...

RODRIGO   Escúchame. Tenía
sed de volverte á ver, de hablar contigo,
porque tú ves la desventura mía
tan inmensa cual es; porque testigo
de mi poder y de mi gloria un día,
tú solo puedes consolarme amigo;
porque rey, necesito un caballero,
no un monje en mi pesar por compañero.

THEUDIA   Es un siervo de Dios.

RODRIGO   Mas nunca ha sido
ni soldado ni rey; ni nació godo;
ni vió jamás su nombre escarnecido
y su honor arrastrado por el lodo;
ni se vió de su pueblo maldecido,
y rechazado, en fin, del mundo todo.
¿Qué decir puede semejante amigo
al inmenso dolor de don Rodrigo?
Nada. Siento exaltarse mi cabeza
en esta soledad, y se enloquece
débil ya mi razón. Sí; la pereza
de esta vida inactiva me enflaquece.
Theudia, bullir en mi cerebro siento
mil siniestras imágenes, que aumenta
como una inundación cada momento.

THEUDIA   Quimeras son con que Satán os tienta.

RODRIGO   ¡Pero odiosas, proféticas acaso!
¡Tentaciones horribles que no puedo
vencer! ¡Qué vida tan horrenda paso,
Theudia! ¡Ah, no me abandones! Tengo miedo.

THEUDIA   ¡Miedo, señor! ¿De qué?

RODRIGO   Theudia, de todo;
de todo cuanto siento y cuanto miro;
de todo cuanto lleva un nombre godo:
de Dios, de mí, del aire que respiro.

THEUDIA   ¿De Dios? ¿No es infinita su clemencia?

RODRIGO   Y también su justicia. ¿Crees que alcanza
un día de forzada penitencia,
el rayo á detener de su venganza?
No; un reino entero pereció á mis manos
por mi crimen fatal, y un pueblo entero,
esclavo de los fieros africanos,
venganza pide contra mí..., y yo infiero
que Dios se la ha de dar. La tierra hispana,
tinta en la sangre de mi pueblo humea,
sangre doquiera que la huella mana,
sangre por mí vertida! Hay una idea
arraigada en mi mente, una profunda
convicción en mi seno guarecida,
en que mi sino proverbial se funda,
y que es, Theudia, el tormento de mi vida,

THEUDIA   ¡Superstición!

RODRIGO   Tal vez; pero se aferra
más cada día al corazón; se extiende
más cada día por mi mente, y cierra
más mi horizonte á cada punto: atiende.
Es la ley celestial; sobre la tierra
abre Dios un infierno al rey que vende,
cual yo, á sus pueblos; á este rey malvado
le señala un espíritu, que impío
le acosa, al pueblo hasta dejar vengado;
y yo siento ese espíritu á mi lado
que venga de su rey al reino mío.

THEUDIA   ¡Superstición!

RODRIGO   No, no; yo sé, yo creo
que, de Dios mensajero, tras mí vaga
Inístico ser que por doquier me amaga,
y por doquiera junto á mí lo veo.

THEUDIA   Mas ¿quién es ese ser?

RODRIGO   No sé; un fantasma
que marcha tras de mí cuando camino;
su huella siento, y dé terror me pasma;
va á mi lado, es mi sombra, mi destino.
Escucha: á veces, á la luz postrera
del día, bajo hacia la mar; me place
verla estrellarse humilde en la ribera,
al triste son que con sus hondas hace.
¿Qué busco allí? No sé. Voy arrastrado
allí por un instinto poderoso,
á esperar al fantasma, amedrentado;
porque le temo, aunque le busco ansioso,
y no en vano. Del África viniendo,
acercarse le veo de ola en ola,
su caprichosa oscilación siguiendo,
la playa hasta tocar callada y, sola,
Huyo al verle llegar, y me parece
(yo no sé si es el viento que murmura);
mas creo que se ríe y me escarnece,
y en lengua que no sé, volver me jura.

THEUDIA.   ¡Mísero!

RODRIGO   Hoy le esperé; del horizonte
destacarse le vi, crecer, llegarse
más que nunca visible; huí hacia el monte,
mas mi sangre sentí paralizarse
cuando lo oí lanzar hondo lamento
que estuvo en tierra para dar conmigo,
y gritarme le oí: «¡*Vuelve, Rodrigo,*»
Y esta vez fué su voz, no la del viento.

THEUDIA   Fué, señor, vuestra loca fantasía;
fué que la soledad y la abstinencia
exaltan vuestra mente cada día
más, y os minan la frágil existencia.

RODRIGO   Theudia, ya te he dicho: esta es la hora
del crimen; es el de hoy el mismo, día
del año, y esa sombra vengadora
sale hoy á reclamarme del abismo.
El eco de su voz, en mi memoria
toda entera evocó la edad pasada;
sí, todo cuanto fué, toda mi historia;
fué voz por un espíritu lanzada.

THEUDIA   Fué voz por vuestro espíritu forjada.

RODRIGO   ¡Ah! Lo ignoras tal vez. Hoy ha diez años
            que á Florinda ultrajé.

(THEUDIA *va á hablar,* **D. RODRIGO** *le pone la mano en la boca*)
                           No lo repitas.
            Hoy en la soledad ecos extraños
            que te devolverían mis malditas
            palabras...; pero sábelo: á esta hora...
            en mi palacio de Toledo... Aun veo
            aquella escena amante, abrasadora;
            veo aun su rostro virginal que llora...,
            y aun ¡sacrílego amor! que la amo creo.

THEUDIA   ¡Señor!

RODRIGO   ¿Tú alguna vez en el seguro
            recinto del palacio no la viste?

THEUDIA   ¡Jamás la conocí, ¡mas la maldigo!

RODRIGO   ¡Theudia! Inocente fué; yo te lo juro.

THEUDIA   Pero os perdió su amor.

RODRIGO   ¿Quién le resiste
            cuando Dios nos le da para castigo?

THEUDIA   ¡Infeliz!

RODRIGO   ¡Lloras, Theudia! Te comprendo:
            te inspiro compasión.

THEUDIA   Señor, sí lloro,
            es porque vos no veis y yo estoy viendo
            que Dios, que de piedad es un tesoro,
            á vos me guía por su propia mano,
            porque guíe desde hoy vuestro destino
            porque os recuerde yo que el ser humano
            tiene su origen en el Ser divino.
            Avergüénceos, pues, vuestra locura;
            los ojos levantad al Dios que dijo:
            «Venid á mí en las horas de amargura;
            padre, os perdono en nombre de mi hijo»

Necesitáis trabajo y ejercicio;
las fieras de las selvas nos convidan
á sacudir de la pereza el vicio,
y así echaréis las sombras que se anidan,
de la inercia á favor, en vuestro juicio.
¿Recordáis que sois rey? He aquí un vasallo.
¿Que sois harto infeliz? He aquí un amigo.
¿Cenobita os hacéis? Como batallo,
rezo; mandad, llorad, orad conmigo,
pronto á partir con vos la vida me hallo;
tendréis en mí un esclavo, don Rodrigo;
de cuanto vuestro fué, yo solo os quedo,
mas aun sois para mí rey de Toledo.
Mientras que viva yo, vuestra ventura
seguirá, atado siempre á vuestra huella;
si os condena la suerte á vida obscura,
no ha de faltaros, pese á vuestra estrella,
ni un vasallo que os cave sepultura,
ni un amigo leal que os llore en ella;
y siempre queda mundo, don Rodrigo,
al que le queda Dios y un buen amigo.

RODRIGO   Theudia, tienes razón; Dios te me envía
cual hora de consuelo y de bonanza
en la borrasca de la angustia mía,
cual iris mensajero de esperanza;
tienes razón: tú irás siempre conmigo.

THEUDIA   Siempre.

RODRIGO   Y emprenderemos otra vida
mejor para mi espíritu.

THEUDIA   Y os digo que
cobraréis vuestra quietud perdida.

RODRIGO   Batiremos el monte.

THEUDIA   Y volveremos
con hambre á la cabaña.

RODRIGO   Y de la lumbre
al amor, de otros tiempos hablaremos.

THEUDIA   Y oraremos también.

RODRIGO   Tengo costumbre
de orar al acostarme.

THEUDIA   Pues lo haremos
juntos todas las noches.

RODRIGO   Me temía,
Theudia, que el campamento.,...

THEUDIA   ¿Lo cristiano
en mí amenguara? ¡Oh, no! Con alegría
sufro, y tengo fe en Dios.

RODRIGO
(Con amargura)

                                    ¿La corte mía
frecuentaste?

THEUDIA   Jamás; noble he nacido,
mas vivir en la corte no he querido
nunca.

RODRIGO   Por eso crees, y el alma pura
conservas y leal.

THEUDIA   Es lo que ahora
necesita, señor, vuestra amargura:
fe cierta, y lealtad consoladora.
Mas se hace tarde; reposad tranquilo
esta noche, señor, y nuestra nueva
vida mañana empezará. Este asilo
es seguro, y no hay nadie que se atreva
á penetrar en esta selva.

RODRIGO   Pero
si esta noche...

THEUDIA   El pavor echad del alma;
yo estoy con vos, y yo soy un guerrero.

RODRIGO   Mas ¿ya no te me irás?

THEUDIA   Dormid en calma,
señor; yo velo aquí.

RODRIGO   No; estás rendido
de fatiga; esta noche necesitas
reposo tú. Mi lecho muy mullido
no es, mas yo te le doy con infinitas
albricias por tu vuelta.

THEUDIA   ¿Y vos?

RODRIGO   Un rato
quiero estarme á la vera de la lumbre
conmigo mismo á solas.

THEUDIA   Mas...

RODRIGO   Ingrato
el sueño huye de mí, y es mi costumbre
recogerme á altas horas.

THEUDIA   Hoy, empero,
no tardaréis.

RODRIGO   No á fe, que con el día
te pienso despertar. Vé, pues; lo quiero.

THEUDIA   Os obedezco.

RODRIGO   Vé, y en mí confía;
yo te despertaré.

(Va **D. RODRIGO** *á sentarse á la lumbre;* **THEUDIA,** *contemplándole, dice desde la puerta, levantando los ojos al cielo:)*

THEUDIA   ¡Dios justiciero,
yo adoro tu piedad! Si tardo un poco,
desventurado rey, le encuentro loco.

DON RODRIGO, *solo.*

RODRIGO

Y ¿por qué, si feliz ser ya no puedo,
con Dios no vivirá y conmigo mismo
en paz? Bien dice Theudia; sí, mi miedo
sólo es superstición, sonambulismo.
¡Lejos de mí, quiméricas visiones!
Ellos reposan en la tumba todos,
y la tea apagó de las traiciones
el huracán que dispersó á los godos.
En mí acabó mi raza; fué sentencia
del sumo Dios, que condenó al misterio
de obscuridad perpetua mi existencia;
mas lo que vale me mostró el imperio.
Señor, yo acato tu poder, y acepto
mi sacrificio entero. Si no pura,
obediente mi alma á tu precepto,
el cáliz beberá de su amargura.
Sí; muerto para el mundo, en la montaña
viviré, de la cruz bajo el abrigo,
y arrostraré la execreación de España
en nombre del que fué rey don Rodrigo.

FLORINDA
(*Dentro*)

Don Rodrigo.

RODRIGO

¡Dios mío! ¿Quién me nombra?

(*Ábrese la puerta del fondo, y á la luz de un relámpago se presenta* **FLORINDA**, *desmelenada y las ropas en desorden. Este personaje es altamente fantástico, y la determinación de su carácter en la escena depende solamente de la actriz.* **FLORINDA** *presenta en su fisonomía, en sus miradas y en sus acciones, la vaguedad de la locura y la exaltación de la fiebre. Contesta maquinalmente, y no se fija en nada más que en el fuego, junto al cual se coloca con el placer de un loco que logra el capricho de su demencia, hasta que, calmándose poco á poco, entra lógicamente en el sentido de la escena*)

ESCENA VI

DON RODRIGO *y* FLORINDA

RODRIGO   ¡Una mujer!

FLORINDA
(Fijándose en la lumbre)
              Aun arde; á tiempo llego.

    (Siéntase **FLORINDA** *al lado del fuego, gozando de su calor con insensata avidez.)*

RODRIGO   ¿Qué traéis? ¿Qué buscáis?

FLORINDA   Sed, frío, fuego.

RODRIGO   Mas ¿quién sois?

FLORINDA   Nadie ya; soy una sombra.

RODRIGO   ¡Sombra! ¿Quién me la trae?

FLORINDA   La mar, el viento.

RODRIGO   Y ¿de dónde?

FLORINDA   Del África.

RODRIGO   ¡Es la mía!
              ¡Ah! ¿Qué quiere de mí?

FLORINDA   Vida, alimento.
              ¡Agua!... Tengo el temblor de la agonía.
              ¡Agua!

RODRIGO   ¡Ay de mí! Yo creo que deliro.

FLORINDA   ¡Agua!...La calentura me sustenta,
              y en el momento en que me deje, expiro.
              ¡Agua!

RODRIGO   Ahí la tienes.
(Señalando una vasija)

FLORINDA
(Después de beber)

                Gracias. Dios en cuenta
te lo tenga, buen hombre. ¡Qué cansada
estoy!... A esos peñascos he trepado,
por este fuego y esa luz guiada.
Temí que me la hubieras apagado.
¡Qué agradable calor! ¡Cómo consuela!
Allá en la obscuridad, ¡qué frío hacía
sobre la mar! Pues ¿y en el monte? Hiela.

RODRIGO   ¡Sobre la mar!

FLORINDA   Sin duda; yo venía
todas las noches á esta playa.

RODRIGO   ¡Todas!

FLORINDA   Todas. Todas las noches de seis años,
siempre viendo pasar las naves godas
ante mí, y yo ¡qué afán! presa entre extraños.
Porque yo estaba África cautiva,
allá en un torreón..., sobre una roca
que daba al mar...; mas ya no estaba viva.

RODRIGO   ¿No estabais viva ya?

FLORINDA   No; estaba loca.
Yo lo sabía bien, porque sentía
que la razón se me iba por momentos;
mas el dolor con la razón huía,
y gozaba en mis locos pensamientos.
Un día mi señor trajo á un anciano
á la torre, y mostrándome, le dijo:
«Hela ahí» El viejo me tomó la mano,
ó hizo de mí un examen muy prolijo.
Aquel viejo era un sabio. «¡Pobre esclava!
decía. Mis pronósticos son ciertos;
esta es la fiebre que la vida acaba.»
«¿Nadie la curará?», lo preguntaba
mi señor... Yo afanosa le escuchaba.
Y el viejo contestó: «Tal vez los muertos.
Si el Rey que la infamó resucitase;

si á su edad virginal volver pudiera,
á su patria, á su amor, cual si tornase
de un ensueño, tal vez en sí volviera.
Tan sólo esta impresión desesperada
la podría curar. Mas id con tiento,
pues sólo por la fiebre alimentada
cuando la deje, morirá.»Y ya siento
que se va poco á poco.

RODRIGO   ¡Desdichada!
El eco de su voz ¡ay! me estremece,
mas me atrae como imán; no sé qué encanto
siniestro tiene para mí; es el canto
traidor de una sirena que adormece.

FLORINDA   Vivifica esta llama; bien has hecho
en no apagarla. Mira, me devora
la fiebre..., me consume hora por hora
la vida... Mas percibo que mi pecho
se fortalece á su calor un poco;
muy poco, porque tiene mi existencia
un plazo fijo, y á su extremo toco.
Hoy moriré tal vez: es mi sentencia.

RODRIGO   ¡Hoy!

FLORINDA   Hoy, que es día aciago. Tú no puedes
comprenderlo, es verdad; pero yo quiero
que lo comprendas. Oye: en las paredes
de mi prisión había un agujero
que daba sobre el mar. Desde él veía
siempre atada una barca en la ribera,
que encima de las ondas se mecía,
ó imán eterno de mis ojos era.
En ella sobre el mar iba y venía
todas las noches yo; me aproximaba
á estas playas; en ellas percibía
un ser de quien soy sombra; le llamaba,
venía..., mas mi barca se volvía
á África y yo volvía á ser esclava.

RODRIGO   ¿Veníais á esta playa en las tinieblas?

FLORINDA   ¿Te he dicho eso? ¡Ja, ja!...,No; lo soñaba.

RODRIGO   ¡Lo soñabais! Mas ¿hoy...

FLORINDA   Hoy en las tinieblas
nocturnas descendí de la montaña.

RODRIGO   Mas ¿cómo?

FLORINDA   Como sombra, por el viento.
Rompió la tempestad, y en un momento
Mi hermano el huracán me trajo á España.

RODRIGO   ¿Vais á España?

FLORINDA   Pues qué, ¿no estoy en ella?

RODRIGO   Aun no.

FLORINDA   ¿Conque es decir que ya no puedo
esta noche llegar?

RODRIGO   ¿Dónde la huella
queríais dirigir?

FLORINDA   Voy á Toledo.

RODRIGO   ¡A Toledo! Y ¿á qué?

FLORINDA   Allí he nacido.

RODRIGO   Yo también.

FLORINDA   Allí fuí rica y querida.

RODRIGO   Yo también.

FLORINDA   En su alcázar he vivido.

RODRIGO   Yo también.

FLORINDA   Allí amé, mas fuí vendida.

RODRIGO   También yo.

FLORINDA   Una corona allí he perdido.

RODRIGO   Yo también.

FLORINDA   Y allí, en fin, perdí mi vida.

RODRIGO   (Dadme fuerzas, Señor; luz en su mente
derramad, y abreviad este suplicio.)
Conque ¿moristeis?

FLORINDA   Di: ¿vive realmente
el que pierde el honor, la fe y el juicio?

RODRIGO   No vive, no.

FLORINDA   Pues bien, yo estoy ya muerta;
mas soy mi sombra, y á merced del viento
sobre la tierra voy vagando incierta,
porque un secreto revelarle intento.

RODRIGO   ¿A quién?

FLORINDA   Al Rey.

RODRIGO   ¿A cuál?

FLORINDA   Al de los godos.

RODRIGO   Y ¿qué vais á decirle?

FLORINDA   Es una historia
que él solo entenderá: no es para todos.
Nadie la sabe aún; en mi memoria
vive no más; y mira, he canecido
sólo por conservarla en ella escrita;
por ella mi nación me ha maldecido,
y por ella mi raza está maldita.

RODRIGO   Y la mía también.

FLORINDA   Odio, detesto
cuanto fuí.

RODRIGO   Yo también.

FLORINDA   Hasta el cariño
de los que ser me dieron, y el honesto
pudor de virgen y el candor de niño.
Óyela, pues, entera la recuerdo,
mas no me la interrumpas; esta fiebre
me abandona, y tal vez si tiempo pierdo,
al par mi historia con mi ser se quiebre.

RODRIGO   Habla.

FLORINDA   Yo era una flor que cultivaba
un Rey en el jardín de su palacio;
con solícito afán él me cuidaba,
y yo con mi perfume embalsamaba
de su Real corazón todo el espacio.
Era aquel Rey galán, Rey de las flores,
y una elegir debía para esposa;
yo era entre ellas la flor de sus amores...
¡Mas Dios me hizo brotar de los traidores
tallos de una letal flor venenosa!
Aquella flor de quien nací capullo,
en vez de contemplarme con orgullo
hija suya por ser y la elegida,
del aura de la envidia oyó el arrullo,
y envidió mi favor y odió mi vida.
Iba de noche el Rey enamorado
al jardín, mientras yo, casta, plegaba
mis hojas sobre el cáliz delicado,
y él, en silencio y á mis pies echado,
con el aroma de mi amor soñaba.
Si en la sombra hacia mí tendió la mano,
tropezó de mi honor con las espinas,
porque yo, frágil flor, y él, Rey liviano,
recelé y me previne..., y no fué en vano.
Una noche espesísimas cortinas
de tinieblas velaban tierra y cielo;
tendióme el Rey la mano, el aura errante
inclinó á mi rival hacia adelante;
no halló espinas el Rey, y con anhelo,
de la traidora flor gozó ignorante.

RODRIGO   ¡Ah!

FLORINDA   Y al siguiente día, audaz, risueño,
confiado, mis hojas purpurinas
vino á besar con amoroso empeño;

yo, ajena á la traición hecha en mi sueño,
cerréme, y dí á sus labios mis espinas.
Indignó al Rey galán mi fantasía,
y viendo que de noche flor liviana
á su liviano amor correspondía,
desairándole hipócrita de día,
me deshojó á la fuerza una mañana.

RODRIGO   ¡Ah! Comprendo, infeliz, tu horrenda historia.

FLORINDA   ¡Imposible!

RODRIGO   Recobra tu memoria,
de ti las nieblas del delirio aparta;
respóndeme... Una noche á tu aposento
fué el Rey tras el perfume de una carta.

FLORINDA   No era mía.

RODRIGO   En la sombra el suave aliento
sintió de una mujer.

FLORINDA   El mío no era.

RODRIGO   Su mano halló otra mano.

FLORINDA   No era mía.

RODRIGO   ¿Cuál era, pues, la flor que el Rey cogía?

FLORINDA   La que el aura inclinó porque él la asiera.

RODRIGO   ¿Cuál la que deshojó con mano fiera?

FLORINDA   La que en su cáliz virginal dormía.

RODRIGO   ¡Ah! De una vez tus pensamientos fija:
tú la inocente flor, ¿quién fué la rea?

FLORINDA
(Con misterio)

De su tallo nací.

RODRIGO   ¡Maldita sea!

FLORINDA
(Con espanto)

¡Es mi madre!

RODRIGO

De tigres eres hija.

FLORINDA

Y tú que la maldices, tú, ¿quién eres?

RODRIGO

¿Quién he de ser sino quien fué contigo
de su generación plaga y castigo?

FLORINDA

¡Tú!

RODRIGO

Mírame.

FLORINDA

¿Eres tú?

RODRIGO

Mira te digo.

FLORINDA

¿Tú... el Rey infamador de las mujeres?

RODRIGO

¡Tú Florinda infeliz!

FLORINDA
(Pausa)

¡Tú don Rodrigo!

Mi alma se va... la vida me abandona.
Sí; de nuevo la luz brilla en mi mente;
recuerdo..., reconozco..., me perdona,
sin duda, Dios.

RODRIGO
(Acercándosela)

¡Florinda!

FLORINDA
(Rechazándole)

¡Atrás! Detente.
Yo no soy la mujer que hundió tu trono;
yo soy mi sombra, que pasó á tu lado
al volver á su tumba, solamente
para decirte: «¡Adiós, Rey desdichado!
Yo, de tu crimen víctima inocente,
blanco seré de universal encono
y execración de la futura gente;
mas el juicio de Dios tengo en mi abono»

RODRIGO   ¡Florinda!

FLORINDA   Aparta..., tentador... El alma
                   se separa del cuerpo... dulcemente;
                   la tierra huye de mí... ; yo la abandono
                   sin pesar...; siento en mí la dulce calma,
                   la paz, la sombra del sepulcro...

RODRIGO   ¡Ah!

FLORINDA   ¡Tente!
                   ¡Hasta la eternidad! ¡Yo te perdono!

(Cae)
RODRIGO
(Asoma THEUDIA)
                   No hay perdón para mí, yo le rechazo.
                   ¡Tierra de maldición, libre muy presto
                   vas á verte de mí!

ESCENA VII

DON RODRIGO, THEUDIA *y* FLORINDA *(muerta)*.

THEUDIA   Señor, ¿qué es esto?

RODRIGO   Es que el rayo de Dios de herirme acaba,
                 que mi vida fatal llegó á su plazo.

THEUDIA   ¡Una mujer!

RODRIGO   Mi sombra: ésa es la Cava.

THEUDIA   ¡Cielos! Mas ¿dónde vais?

RODRIGO   Á la montaña.

THEUDIA   ¿A qué?

RODRIGO   A buscar en el sepulcro abrigo
                 del odio universal contra la saña.

THEUDIA   Esperadme, señor.

RODRIGO
(Desde la puerta)

                 Nadie conmigo;
                 solo en la culpa, solo en el castigo:
                 ¡la maldición del cielo me acompaña!

(Cierra la puerta de golpe)